LE QUARTIER GÉNÉRAL,

PIECE NOUVELLE EN UN ACTE,

A l'occasion de la Bataille gagnée sur les Anglais par l'Armée du Roi.

Par MRS. QUETANT & ACHARD.

Représentée pour la premiere fois sur le Théâtre des Grands Danseurs de Corde, à la Foire S. Laurent, le 27 Août 1757.

Le prix est de 24 sols avec la Musique.

A PARIS,
Chez DUCHESNE, Libraire, rue Saint Jacques, au-dessous de la Fontaine Saint Benoît, au Temple du Goût.

M. DCC. LVII.

Avec Approbation & Privilége du Roi.

PERSONNAGES.

MAdame LA ROSÉE, *Vivandiere.*

CATHERINE, *Fille de Madame la Rozée.*

SANS-CHAGRIN, *Grenadier*, *Amant de Catherine.*

LA JEUNESSE, } *Grenadiers.*
LA RIBOTTE, }

UN COURIER.

UN ANGLAIS.

La Scene se passe dans le Camp, près de la Tente de Madame La Rozée.

LE QUARTIER GÉNÉRAL.

Le Théâtre représente un Camp au fond duquel paroît la tente de Madame La Rozée.

SCENE PREMIERE.

LA RIBOTTE, LA JEUNESSE, *L'un porte des Cantines, l'autre un Porte-manteau.*

LA JEUNESSE.

Air : *Achevons notre cruchon.*

'ANGLAIS en tient à présent,
En plein, plan, rantanplan,
Tirelire,
En plan,
L'Anglais en tient à présent,
Il ne peut s'en dédire.

Il ne peut s'en dédire,
Rantanplan tirelire,

J'avons ſçû tout bellement,
En plein, plan, rantanplan,
Tirelire,
En plan,
J'avons ſçû tout bellement
Lui donner dequoi rire.

LA RIBOTTE.

Air : *Du haut en bas.*

Repoſons-nous ;
Après le gain de la bataille,
Repoſons-nous.
Sur l'ennemi qui fuit nos coups,
J'ons pris dequoi faire ripaille.
Après le gain de la bataille,
Repoſons nous.

LA JEUNESSE.

Air : *Toujours danſant.*

Sçais-tu qu'not Général avance
D'un train plus hardi qu'un Samſon.
Il n'faut, morbleu, que ſa préſence
Pour animer un bataillon ;
Nos Officiers,
Nos Grenadiers,
Tous au combats
Sont ſoldats,
Ont bon bras ;
Vive les Héros de la France ;
Pour mettre des ennemis bas.

LA RIBOTTE.

Oh ! quien ; n'entamons pas ce chapitre-là : car quand une fois je m'mets à parler d'mon Prince & d'ses Généraux, j'somm' pus bavards qu'un liseur de Gazettes ; séparons not' butin.

LA JEUNESSE.

Va, j'suis d'bon accord moi ; mais voyons d'abord ce qu'il y a dans tes Cantines.

LA RIBOTTE.

Air : *Vantez vous-en.*

Oh ! je te les garantis pleines,
J'ons toujours de bonnes aubaines.
(Il tire une bouteille de vin.)

LA JEUNESSE.

Que vois-je ? eh ! morbleu, c'est du vin :
Verse tout plein.

LA RIBOTTE *tirant des tasses d'argent.*

Point de chagrin.
L'ennemi, pour nous mettre en train,
Ne plaint ni son bien ni ses peines,
Nous sommes servis en argent,
Vantez-vous-en. *(bis.)*

LA JEUNESSE

Faut avouer qu'il fait bien les choses ; mais dis-moi, la Ribotte, à la santé de qui boirons-nous ?

LA RIBOTTE.

Belle demande ; à la santé du Roi, peut-être.

LA JEUNESSE.

Oh ! si tu y vas comme cela, tes Cantines seront bientôt vuides.

LA RIBOTTE.

Air : *Nous ſommes Précepteurs d'amour.*

Notre cœur eſt le bien du Roi,
Arroſons - le d'une raſade ;
Quand je bois à lui, jarnigoi,
Je n'ai jamais le bras malade.

LA JEUNESSE.

T'as raiſon. (*ſerrant les levres.*) Mais ç'vin-là m'ſemble bin doux.

LA RIBOTTE.

C'eſt qu'il ſent l'battu ; veux-tu redoubler ?

LA JEUNESSE.

Allons, un moment ; voyons ſi je ſommes auſſi riche que toi.

LA RIBOTTE.

Oui, défais ce porte-manteau.

LA JEUNESSE *ouvrant le porte-manteau.*

Ce ſera bientôt fait ; mais queu diable ! c'eſt jouer de malheur. Je crois n'avoir trouvé qu'une Bibliotheque. (*Il tire pluſieurs Livres.*) Entens-tu l'Anglais.

LA RIBOTTE.

Non pas à préſent, mais tantôt ils crioient aſſez fort pour ça.

LA JEUNESSE.

C'n'eſt pas ça ; j'te d'mande ſi tu ſçais lire. Qu'eſt-ce que c'eſt que ç'Livre-là ?

LA RIBOTTE.

Donne. *Préſervatif contre la mélancolie.*

LA JEUNESSE.

Je ſuis fâché d'avoir pris celui-là aux Ennemis ; il leur ſeroit d'un grand s'cours aujourd'hui. (*Donnant un autre Livre.*) Et celui-là, qu'eſt-ce qu'il chante ?

LA RIBOTTE *lit.*

Recueil des Traités que les Anglois n'ont pas rompus.

LA JEUNESSE.

C'eſt donc ça qu'il eſt ſi petit. Mais v'là une façon de choſe en maniere de feuille de papier ; regarde un peu ce que c'eſt.

LA RIBOTTE.

Tu ne te connois à rien, toi ; donne. *Nouveau Plan de l'Amérique Septentrionale.*

LA JEUNESSE.

Ah ! ah ! voyons donc ça : ba ! il n'y a rien deſſus.

LA RIBOTTE.

Eh ! bien, c'eſt tout ce qu'ils y poſſedent.

LA JEUNESSE *tirant une bourſe du porte-manteau.*

Oh ! par exemple, je connois ça : ventrebleu, c'eſt ben l'meilleur.

LA RIBOTTE.

Ne triche pas du moins, camarade ; tu

sçais que nous sommes convenus de partager.

LA JEUNESSE.

Un François n'a que sa parole ; allons arranger ça sous la tente de la mere la Rosée.

Air : *De Manon Giroux.*

Mais v'là notre Vivandiere,
Qui vient par là-bas.

SCENE II.

Me. LA ROSÉE, LA JEUNESSE, LA RIBOTTE.

LA RIBOTTE.

Suite de l'air précédent.

EH ! bien, comment va, la Mere ?

Me. LA ROSÉE.

Valeureux soldats,
J'sçavons qu'à travers la plaine
L'Anglais vient de fuir :
Mais hélas ! on ne peut sans peine
Avoir du plaisir.

LA RIBOTTE.

Air : *Allons, mon frere.*

Quoi donc ! la Mere,
Dans not' bonheur,

Qui peut vous faire
De la douleur ?

Me. LA ROSÉE.

Par un heureux destin,
Poursuivant l'Angleterre,
Vous gagnez du butin,
Et moi je perds Catin,

Elle a déja été enlevée par un Houzard.

LA JEUNESSE.

Quoi ! c'n'est qu'ça ! hé ! bin : qu'est-ce qui lui en arrivera ?

Me. LA ROSÉE.

Air : *Des fraises.*

Sans doute il étoit déjà
Repassé d'importance.
Sur Catin de ce coup-là,
Le Barbare tirera
Vengeance, vengeance, vengeance.

LA JEUNESSE.

Elle n'en mourra pas, allez.

Me. LA ROSÉE.

Eh ! mais vraiment, Monsieur l'déhanché, je l'sçavons bin : voyez comme il m'console.

LA JEUNESSE.

Air : *Je ne sçais pas écrire.*

Vous faudroit-il pas promptement
Commander un détachement ?

Me. LA ROSÉE.

Comment va-t-elle faire ?

LA RIBOTTE.

Allez, n'ayez point d'embarras :
Elle fera dans pareil cas
Tout comme a fait sa mere.

Me. LA ROSÉE.

Elle y succombera.

LA RIBOTTE.

Oh ! que non. Mais n'vous fâchez pas, elle n'est pas perdue ; t'nez v'là Sans-Chagrin qui vous la ramene.

SCENE III.

CATHERINE, SANS-CHAGRIN, Me. LA ROSÉE, LA RIBOTTE, LA JEUNESSE.

Me. LA ROSÉE *courant à Catherine.*

Air : *Ah! si t'en tâtes.*

AH ! te voilà , ma Catin , mon Enfant ;
Je te croyois avec ce garnement.

CATHERINE.

Il vouloit bin me tenir de ç'coup-là ,
Mais s'il en tâte , s'il en goute , s'il en a.

SANS-CHAGRIN.

Vantez , Maman , qu'j'ons sçu mettre ordre à ça.

CATHERINE.

Air : *De la Touriere.*

Je le vis tomber sur moi ,
Ce Houzard plein de furie ,
Je le vis tomber sur moi ,
Me criant , rends toi , rends-toi.

Air : *Une jeune Nonnette.*

Comme la Tourterelle
Fuit les Vautours ,
Je me sauve & j'appelle
A mon secours ;

Mais comment fuir, ſans un hazard,
Des mains d'un Houzard?
Hélas! tôt ou tard,
J'avois beau me défendre;
Le traître enfin,
Le traître alloit me prendre
Pour ſon butin.

Me. LA ROSÉE.

Mais comment as-tu pu t'ſauver?

CATHERINE.

C'eſt à M. Sans-Chagrin que je d'vons ç'te chandelle.

SANS-CHAGRIN.

Oui-dà, la Mere.

CATHERINE.

Air: *J'étois perdue.*

J'allois me cacher à l'écart,
Quand je fus ſurpriſe.
De loin Sans-Chagrin par hazard
Vit que j'étois priſe:
Il falloit par un grand cœur
Que je fuſſe ſecourue.
Sans cet excès de valeur,
J'étois.... J'étois perdue.

Me. LA ROSÉE.

Ah! mon pauvre Sans-Chagrin, conte-moi donc comment tu t'es trouvé là ſi à propos.

SANS-CHAGRIN.

Ah! volontiers.

Air : *De la marche des Houlans*, ou *Entre amis*.

Déjà ces fiers Anglais,
Battus par nos Français,
Laiſſoient de toutes parts
Leurs étendards.
Not' Général,
Sans égal,
Faiſoit gronder le métal ;
Et ſur un ton un peu brutal ;
D'Orléans donnoit le bal :
Mais peu content d'un pareil régal,
L'ennemi s'en trouvoit fort mal.
Nos bataillons épars,
Donnoient ſur les fuïards,
Et Sans-Chagrin,
Les ſuivoit bon train.
Mais v'là-t-il pas qu'du milieu
Du feu,
Ç'n'eſt pas un jeu ;
Je vois un Houzard mutin
Qui veut m'enlever ma Catin.
Moi qu'ai d'lardeur
Autant que d'cœur,
V'là que j'vous cours,
Sans détours,
Au ſecours
D'cell'-là qu'eſt mes chers amours.
J'porte au grivois
Une, deux, trois ;
D'un r'vers de bras,
Je l'mets en bas,
Et ſans fracas,
Son trépas

Tirant ma Catin d'embarras,
Montre qu'on peut ſervir en un jour,
Et ſon Monarque & ſon amour.

LA RIBOTTE.

C'eſt l'ouvrage d'un Grenadier, ça.

Me. LA ROSÉE.

Air : *Je voudrois bien me marier.*

Mon cher, pour te remercier
Embraſſe-moi.

SANS-CHAGRIN.

La Mere,
Ce s'roit aſſez mal nous payer.

Me. LA ROSÉE.

Que pourrons-je donc faire ?

SANS-CHAGRIN.

Votre fille eſt à marier,
Et s'roit bien mon affaire.

Ça vous accommoderoit-il ?

Me. LA ROSÉE.

Oh ! de tout mon cœur ; j't'aurons bientôt baillé ç'te preuve de not' reconnoiſſance.

Air : *Mariez moi.*

Un brave homme eſt bon mari,
Comme ça s'bat, ça vous aime.
Que n'ſuis-je veuve à ſt'heure-ci?
Je l'épouſerois moi-même.

SANS-CHAGRIN.

Ah ! ne vous dérangez donc pas, la Mere.

Me. LA ROSÉE.

Mariez, mariez, mariez vous;
Mon allégreſſe eſt extrême,
Mariez, mariez, mariez vous,
Allons bacler ça cheux nous.

LES DEUX AUTRES *diſent avec elle.*

Mariez, mariez, mariez nous,
Notre allégreſſe eſt extrême,
Mariez, mariez, mariez nous,
Allons bacler ça cheux vous.

SANS-CHAGRIN.

La Ribotte & la Jeuneſſe n'ont qu'à venir avec nous, ils ſerviront de témoins.

LA RIBOTTE.

Je l'voulons bin, ça f'ra plaiſir de voir Mamzelle Catherine travailler au bien d'l'Etat.

LA JEUNESSE.

Mais qu'eſt-ce que ç't échappé d'la bagarre nous veut? Vient-il chercher ſon reſte?

SCENE IV.

UN ANGLAIS, CATHERINE, SANS-CHAGRIN, Me. LA ROSÉE, LA RIBOTTE, LA JEUNESSE.

L'ANGLAIS.

ENSEIGNE un peu, Meſſiés, le loché-ment de votre Chénéral.

LA JEUNESSE.

Qu'eſt-ce qu'il lui veut au Général?

LA RIBOTTE.

Oh! cela ne vous regarde pas.

LA JEUNESSE.

Il me prend envie de lui paumer la gueule.

SANS-CHAGRIN.

Ça ne s'roit pas bin.

Air: *A votre gré.*

Tout eſt permis dans le carnage;
Le Français vengeant un outrage;
Montre ſon intrépidité:
Mais ſa fureur dans les allarmes
Céde à la généroſité,
Dès que l'ennemi rend les armes.

LA JEUNESSE.

LA JEUNESSE.

C'eſt parler en brave homme, ça.

Air : *Tes beaux yeux, ma Nicole.*

Au vaincu l'on fait grace,
S'il ſçait la mériter ;
Vous avez de l'audace,
Mais on peut l'arrêter.

L'ANGLAIS.

Nous ayant vû combattre,
On ne peut conteſter
Que ſi vous ſçavez battre,
Nous ſçavons réſiſter.

SANS-CHAGRIN.

Ah ! ne t'embarraſſe pas, Monſieur d'la Réſiſtance ; nous te mortifierons, va.

LA JEUNESSE.

Air : *Au bout du monde.*

Vous gardez en vain le paſſage,
Rien n'arrête notre courage,
Nous craignons peu votre canon,
J'irons, quoiqu'il gronde,
Avec un BOURBON,
Au bout, au bout, au bout du Monde.

L'ANGLAIS.

Che voudrois bien parler au Chénéral pour ſavre la exacte dénombrement des priſonniers.

LA JEUNESSE.

Je crois qu'il n'en a guères.

SANS-CHAGRIN.

Que diable en ferions-nous ? Le jeu n'en vaudroit pas la chandelle.

LA JEUNESSE.

Allons, not' Bourgeois, v'nez avec moi, j'vous prends ſous ma protection.

Il part.

Me. LA ROSÉE.

En attendant, ſi j'buvions un coup.

LA RIBOTTE.

C'eſt bien dit, il y a encore du vin dans les Cantines.

CATHERINE.

Mais qu'eſt-ce que ſtilà qui vient par là-bas ?

SCENE V.

UN COURIER, UN ANGLAIS, CATHERINE, SANS-CHAGRIN, Me. LA ROSÉE, LA RIBOTTE. LA JEUNESSE.

LE COURIER *faisant claquer son fouet.*

OH, eh, oh, eh, dépêchez-vous d'ajuster mon cheval; je suis pressé de partir. Où est donc la Mere la Rosée, que je boive un coup? Ah! la voilà avec Mamselle Catherine, & le camarade Sans-Chagrin aussi.

LA RIBOTTE.

C'est le Courier que not' Général envoie à la Cour, je crois.

LE COURIER.

Lui même, camarade.

CATHERINE.

Eh bin, Monsieur d'la Legereté, vous boirez bin un coup en not' compagnie.

LE COURIER.

Pourquoi pas? J'ai le cœur assez en joie pour ça.

LA RIBOTTE.

Et puis t'nez, ça n'coute rien, c'est l'Anglais qui paye l'écot.

LE COURIER.

Encor mieux.

LA RIBOTTE *versant à boire.*

A la santé du Roi & de toute la Famille; Mlle. Catherine, M. Sans-Chagrin, l'un portant l'autre, je bois à votre santé.

SANS-CHAGRIN.

Si Monsieur vouloit par maniere de conversation nous conter queuq'chose sur ce qu'il porte, ça vous f'roit plaisir; pas vrai, Mlle. Catherine?

La Jeunesse rentre.

CATHERINE.

Il ne nous apprendra rien que je n'sçachions bin; mais comme c'est d'l'écriture ça f'ra pt'être un peu mieux r'liché. Allons, montrez-nous ça, Monsieur.

LE COURIER.

De tout mon cœur, on n'a point de peine à rendre compte de sa commission, quand on est chargé de bonnes nouvelles.

Il lit.

Air : *Ah ! le bel oiſeau , maman !*

L'Anglais en nous attendant
Faiſoit bonne ſentinelle ;
Mais il ſçait , en nous voyant,
Prendre à propos la veneſſe.

TOUS.

Donnons à boire au Courier
Qui porte bonne nouvelle ,
Donnons à boire au Courier :
C'eſt le vin de l'étrier.

LE COURIER.

Cumberland près de BOURBON
Qui rudement le harcelle ,
Ne ſe bat qu'à reculon ;
L'Ecreviſſe eſt ſon modele.

TOUS.

Donnons , &c.

LE COURIER.

Du Weſer en ſureté
Il faiſoit ſa citadelle ,
Sans hôte il avoit compté ,
D'ESTRÉES y vole avec zele.

TOUS.

Donnons , &c.

LE COURIER.

Partons, dit l'Anglais, partons,
Le François nous fait la nique;
Ma foi, nous nous tirerons
D'ici comme d'Amerique.

TOUS.

Donnons à boire au Courier,
L'Anglais perd pique & repique;
Donnons à boire au Courier:
C'eſt le vin de l'étrier.

CATHERINE.

D'un Prince aimable & guerrier
L'Epouſe eſt dans les allarmes;
Mais les feuilles du laurier
Bientôt eſſuiront ſes larmes.

TOUS.

Donnons à boire au Courier,
Qui va calmer ſes allarmes;
Donnons à boire au Courier
Qui porte un ſi beau laurier.

CATHERINE.

Vive par tous les pays
Le ſang du Roi notre Maître.
Les rejettons de LOUIS
Se font bientôt reconnaître.

TOUS.

Buvons avec le Courier,
A LOUIS notre bon Maître;
Buvons avec le Courier:
C'est le vin de l'étrier.

LE COURIER.

Au dernier les bons, ç'coup-là m'donne plus de courage, & je pars sur la bonne bouche.

SANS-CHAGRIN.

Bon voyage; pour nous, camarades, allons faire la nóce.

LA JEUNESSE.

C'est bien dit; vive la joie.

Air : *Contredanse du Diable à Quatre.*

Chantons mes amis, animons-nous,
Chantons tous les Héros de la France;
Au nom de BOURBON, animons-nous.
Faisons bombance,
Et que l'Anglais en soit jaloux.

SANS-CHAGRIN.

Ma Catin, dans not' ménage,
Je dirons pour te mettre en humeur,
Le jour de not' mariage,
Souviens-toi qu'mon Prince étoit vainqueur.

TOUS.

Chantons mes, &c.

CATHERINE.

A ce nom mon cœur pétille,
Le tranſport ne connoît point d'état ;
Quoique je ſois une fille,
J'ai le cœur Français comme un Soldat.

TOUS.

Chantons, &c.

LA JEUNESSE.

Avant ce Prince qu'on aime ;
J'avons vû LOUIS à FONTENOI ;
Vantez qu' c'eſt comme un lui-même ;
Oh ! ſtila c'eſt bin l'parent du Roi.

TOUS.

Chantons, &c.

Me. LA ROSÉE.

Je ne ſuis pas opulente,
Mais tout paſſe en des momens ſi doux ;
J'ai de bon vin dans ma tente,
Chers amis, venez, il eſt à vous.

TOUS.

Chantons, &c.

Ils partent en danſant.

CHantons, mes a- mis, a-ni-mons nous, Chantons
tous les Héros de la France, Au nom de Bourbon, a- ni- mons nous; Fai-sons bombance, Et que l'Anglais en soit ja- loux:
Ma ca- tin, dans not' mé- na-ge, Je dirons pour te mettre en hu- meur, Le jour
de not' ma-ri- a- ge, Souviens-toi qu'mon
Prince é- toit vain- queur. Chantons, &c.

VAUDEVILLE.

LA RIBOTTE.

Air : *La raiſon propoſe.*

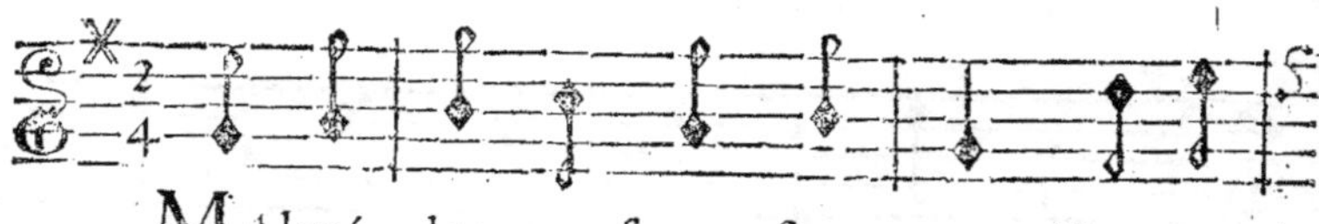

MAlgré les tranſports fou- gueux, Des gens

d'Angle- terre, V'là qu'nous ar- pentons comme

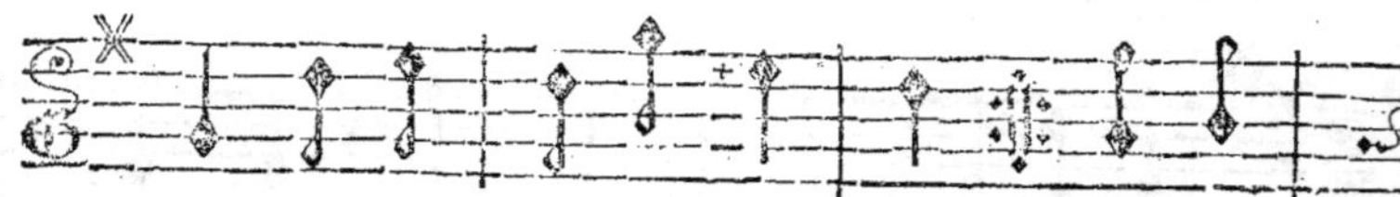

eux La mer & la ter- re. Ma- hon

le prouvoit dé- jà, Mais Ha-novre aſ-ſu- re-

ra Que l'An-glais propo- ſe, Et l'Fran-

çais diſ- po- ſe.

LA JEUNESSE.

Sur les traces d'un BOURBON,
Ardent comme mêche;
Aussi prompt que le canon,
Partout je fais brêche:
Vouloir arrêter mes pas,
C'est chercher noise au trépas:
Cumberland propose,
D'Orléans dispose.

Me. LA ROSÉE.

En amour comme au combat,
L'Anglais téméraire,
D'abord fait beaucoup d'éclat,
Ça ne dure guère.
Un rien paroît l'enflâmer,
Un rien sçait le réprimer:
Quand l'Anglais propose,
Le Français dispose.

SANS-CHAGRIN.

Le Monarque Prussien,
Est bon Capitaine,
Mais sans mépriser le sien,
J'ons l'bras d'une Reine,
Qui vaut celui de LOUIS;
Aussi quand ils sont unis,
Tous les deux proposent,
Tous les deux disposent.

L'ANGLAIS.

Avec toute ma valeur
Et mon sçavoir faire,

VAUDEVILLE.

Voilà mon parti vainqueur,
Comme à l'ordinaire.
Après tant de mouvement,
Faut-il dire en s'enfuyant :
Quand l'Anglais propose,
Le Français dispose ?

SANS-CHAGRIN.

Joyeux & content de moi,
Je cours à la gloire :
Chanter le nom de mon Roi,
C'est crier victoire.
Quand Louis arme mon bras,
Ventrebleu.... dans les combats,
L'ennemi propose,
Sans-Chagrin dispose.

CATHERINE *au Public.*

L'Auteur à votre bonté,
Messieurs, en appelle,
Il n'a point de vanité,
Mais beaucoup de zèle ;
Si vous êtes satisfaits,
Applaudissez nos couplets ;
Quand l'Auteur propose,
Le Public dispose.

FIN.

J'ai lû par ordre de Monseigneur le Chancelier, un ouvrage qui a pour titre, *le Quartier Général*, & je crois que l'on peut en permettre l'impression. A Paris ce 12 Septembre 1757. CRÉBILLON.

Le Privilége & l'Enrégistrement se trouvent à la fin du Recueil des Piéces de Théâtre de l'Opera-Comique.

www.ingramcontent.com/pod-product-compliance
Lightning Source LLC
LaVergne TN
LVHW052020160826
845678LV00003B/1127